KB110952

꽃, 향기의 밀서

꽃, 향기의 밀서

조선의 시집

꽃, 향기의 밀서

초판 인쇄 ┃ 2020년 01월 10일
초판 발행 ┃ 2020년 01월 15일

지은이 ┃ 조선의
펴낸곳 ┃ 출판이안
펴낸이 ┃ 이인환
등　　록 ┃ 2010년 제2010-4호
편　　집 ┃ 이도경, 김민주
주　　소 ┃ 경기도 이천시 호법면 단천리 414-6
전　　화 ┃ 010-2538-8468
팩　　스 ┃ 070-8283-7467
인　　쇄 ┃ 세종피앤피
이메일 ┃ yakyeo@hanmail.net

ISBN _ 979-11-85772-74-5(03810)

이 도서의 국립중앙도서관 출판예정도서목록(CIP)은 서
지정보유통지원시스템 홈페이지(http://seoji.nl.go.kr)와
국가자료공동목록시스템(http://www.nl.go.kr/kolisnet)
에서 이용하실 수 있습니다.

값 9,000원

■ 잘못된 책은 구입한 서점에서 바꿔 드립니다.
■ 出版利安은 세상을 이롭게 하고 안정을 추구하는
　책을 만들기 위해 심혈을 기울이고 있습니다.

■ 시인의 말

눈 감아야 보이는 것에

캄캄한 질문이 반복됐다

형상도 없는 단락은

목차로 요약되었지만

날 세운 침묵이 나를 습격했다

잠식당한 언어로 인해

길 밖으로 쫓겨났다

와장창 하늘이 내려앉는다

어디서 꽃 피고 있는 것일까

2020년 1월

조선의

■ 차 례

1부

2부

3부

4부

5부

1부

하늘 담은 봉선화

고작 걸어온 길이 이쯤이라고
눈 딱 감고 꽃물 끓어오르면
어머니는 항아리를 열고 푸른 하늘을 담으셨다

궁색한 마음 위무하듯
아직 할 일이 남은 저 숯덩어리처럼

이제 아픔도 위로가 되는 것은
까맣게 타들어가는 애간장이 아니고서야
환생하는 희망처럼 뜨겁다 하겠는가

신명타는 속울음

어느 날 시간도 익으면 팍 터지겠지
치매의 문턱을 서성거리듯 또다른 꿈의 행로에서
어머니의 천성, 봉선화로 피었다

원추리꽃

살다 보면 주춤거리는 일이 많다

하루에도 몇 번씩 미궁을 헤매는 생각들

가끔은 사소하거나 초라해질 때

제 그림자에 발이 묶인 바람을 본다

일상의 잦은 몸살에

헛돌던 시간들이 흩어져 버리고

울음 고인 보조개가 발그렇다

적막의 틈 사이로 후광을 덧대는 아름다운 저 안간힘

입안에 핏물 고이도록 먼 메아리를 부르면

이제 너는 웃어도 좋고

울어도 좋다

모든 아픔에 응축되는 색의 본질本質

애써 사랑하는 까닭이 된다

자귀나무 연서

날아오르지 못하는 허공을 쳐다봤다

가끔 사라진 것들이 뜬소문처럼 돌아오고 발화의 시간이 암전 되곤 했다

사랑하는 방식과 사랑받는 방식에서 겹쳐지거나 착색되는 그림자마저 제 고독에 먹먹한 그믐의 밤을 건넜으리라

꽃 피는 방향으로 성스런 의식은 당도하고 가슴 떨리는 매 순간마다 연민은 사무쳤다

초록을 앞세운, 붉음의 잠복기 사이에 닿을 수 없는 연정이 있다

슬픔은 언제나 한발 빠르게 오는가

온밤을 다해 끌어안는 다정한 몰두

숨 막힐 듯한 몸을 주체하지 못해 서로를 범하거나 탕진하는 동안에도 마음자리를 밝힌 향초만은 꺼뜨리지 않았다

불러보면 가깝게 모란꽃

따뜻하고 환한 부상^{扶上}인가

언제고 놓아야 할 때 잡히지 않는 것부터 놓아야
할 때, 멀리 가 닿지 못한 것들은 편애를 갖는다

그럴수록 가슴앓이 하듯 몸이 아팠다

떠도는 소문에도 언약이 존재했다

불러보면 가깝게, 고독이 붉어지기까지 꽃봉오리는
비밀번호에 잠겼다

흐르는 구름의 방향으로 슬쩍 고개를 돌리는 순간

스스로 꽃 속에 갇히는 허공

생의 격랑을 흘려보내면

모호해지는 몽환의 혀끝

다 감추고 사는 내가 부끄럽도록,

배롱나무, 꽃물 깊다

속 문드러지게 불씨 품고
물기슭 철옹성을 축조하듯
꽃그늘이 상하지*를 수결한다

기억의 잠복기를 거친
혼잣말 같은 그리움이거나
색을 입은 하늘이거나
온몸으로 던지는 꽃의 통사通史

한 시절 다하여 대물림의 연대 깊이, 참은 숨을 뱉는다

매혹도 저렇듯 울컥하여
자꾸 나를 뒤돌려 세운다

* 명옥헌 윗못과 아랫못

26

기꺼이 구름송이풀

캄캄한 어둠 속으로
송이송이 건너가 빛을 불러내는
꽃을 보아라

누가 저처럼 자신을 증명한 적 있었던가

제 빛깔을 불러오기 위해
삼천 겁 연분으로도 모자라
태초를 향해 뿌리를 내린다

어진 땅의 정직한 소망을
묻어둔 채로 살거든
다시 꽃 피는 날 있으리니

산다는 것은 남게 될 것으로부터 지나가는 것
기꺼이 누구에게
빛나는 화관花冠을 씌워주지는 못해도
나머지 온기라도 보탤 일이다

코끝 하얀 어리연꽃

추적추적 비를 맞고 있다

물에 올라선 꽃의 생각은 무엇일까

쏟아지는 하혈이 폭포수 같을 때

득음을 트듯 솟구치던 시절도 있었지

살샘새 무르녹는 코끝 하얀 눈웃음

바닥없는 수면 아래로, 허공은 저렇게 고요한지

사방을 닫아걸고 꽃심까지 사무친다

숨골 뚫은 저항마다 얼룩진 물의 흔적이 아프다

한 생애 간이역에서

차가운 손을 잡아 주던 떠돌이별

고만 고만한 서러움끼리 빗소리를 듣고 있다

먼 안부에 닿는 두메양귀비

퇴적된 빛이 분화중인 땅
척박한 곳에서도 태도는 긍정적이다

누군가 내다 버린, 자갈위에 자리를 잡았다
지나온 삶이 말해주듯
불완전한 희망도
생의 한 형식이라서 눈물겹다

불구의 문장을 빠져나온 향기의 촉수를 따라
구름이 옆구리를 툭툭 치고 있다

먼 안부에 닿는 민낯

벼랑 끝에 걸려있는 목숨, 꽃을 피웠다

혁명이 아닌 다음에야 양귀비의 얼굴에서 열꽃이 돋
겠는가
사는 것도 이곳에서는 결사적이다

헛꿈 언저리에 핀 분꽃

한 계절 건너기 위해선
햇볕을 길게 밀어내야 했고

사라진 그림자를 찾아
제자리걸음으로 큰 나무를 비켜섰다

엇갈린 감정들이 변곡점을 이루듯
살아온 방식에 다른 징후가 보였다

이따금 지루해지고 소심한 나는
여러 개의 하늘을 나누어 받았다

눈물 젖은 자리에서 마른자리까지
두리번거리는 습관은
떠나온 시간조차 잊게 했다

낯선 그리움이라는, 혹은 익명의 무표정처럼

숙은처녀치마꽃

한 생애 결박하고 별빛 내려받는다

키 낮은 꽃대 아래로 하늘을 떠받드는 어린잎들

묵연하게 고개

숙인, 네가

가슴에 연정을 품었는가

씨도둑 같은 사내와 뒤섞이지 못했을지라도

위태로운 대물림에 기꺼이 목숨 거는

애처로운 누이여

몸 열고 입술 깨문 채 쪽머리 트는 날

젖몸살 꽃자리마다 눌러앉은 상처가 아프다

보름을 꼬박 채운 뒤에야 저 달도 하늘에서 내려오는데

한때 불타던 사랑도 맹세도

어처구니없이 목숨처럼 깊고 질기다

그대, 왜 이리 더디 오시는가

이팝꽃
―탐닉, 혹은 만개

유실된 언어들이 하얗게 군집한다

눈웃음이거나 봉오리를 부풀리는 당신
화첩 속에 표집 되지 않은 순간이 들어 있다

아무것도 유예하지 못하고
소스라치듯 출렁거리는
탐닉, 혹은 만개

동공 깊숙이 덩이째 치미는 간망이
공중에 뜬 그림자조차 허기지게 한다

유순하게
가지 끝에 올라 고봉밥을 이루었거니
어찌 이 무궁한 눈물이 오래된 마중뿐이겠는가

당신은 나의 무료한 꽃무덤 아니면 독백이다

몸을 여는 꽃무릇

허방을 딛는 경우가 있다면

가는 목으로 빗방울을 받아내는 저 꽃잎은 비장하다

안위의 투구를 벗고 그리움의 과녁을 향해 불화살 당기는

안간힘을 보아라

두근두근 심장 속으로 다만 애끓는 침묵

마지막 기도를 올리듯

누가 연기처럼 자신을 태워 공중으로 날아오를 수 있겠는가

오로라를 쫓아간 초신성처럼 비로소 하늘에 맡겨

절정의 몸을 연다

인동초를 읽다

수직으로 거슬러 오른 꽃의 발화점
뿌리 깊이 암호를 풀어내면
스쳐 지나가던 바람이 그녀와 만나 뒤엉킨다
길이 다한 벼랑을 기웃대다
위태로운 어느 지점에 머물러
마른입술 포갠 채
하루가 무너지고 평생이 무너졌다
돌아가야 할 것이 숱한 인생뿐이라면
비루한 추억에 궁색을 감추지는 말아라
가장 아픈 곳에 자리를 잡는
상처는 누구의 몫인지
눈물을 꼬아 쪽머리 지어 올리고
가슴 깊은 적소에 무뚝뚝한 사내 들이는 날이면
천둥 번개조차 천 리 밖까지 숨죽였을 것이다
동그란 암흑의 고리를 따고
하나둘 햇살 문을 여는 꽃들이
정지화면처럼 꽃대에 매달렸다
어떤 인연도 다시 되돌리지 않겠다는
그런 다짐을 그리움이라 말할 때까지

허기진 꽃 그림자를 읽고 또 읽는다
서툰 질문 하나 던져 놓고
한 세상 탕진해도 무죄일 것 같은 날,

물마루 디딘 물옥잠

향기는 빛에 눕지 않고

물에 쌓이지 않고

흘려주는 물살 따라 저무는 땅으로 흘러간다

물마루 디디고 선 하늘까지

귀청 여는 메아리

여름 한 철 지나 미련 없이 가을 불러 앉히고

눈물보다 맑게 남빛으로 파동 친다

나는 화독花毒에 빠진 채

서서히 시간의 층위에서 분리된다

생살 터지도록 개망초

태양이 키를 낮추는 한낮 담장 너머로
상고머리 아이들이 기웃대며 지나간다

밑 빠진 희망의 시기에 지천으로 피어
한숨마저 공중으로 날려버리고자
창백한 세월을 겨냥했을 너

소금꽃 앓는 소리
조용한 함성이다

삼천리를 다 밟고 서서
소소素素한 생명을 가늠하고 있구나
민초의 한이 너로 환생했다는 것을 알만한 나이가
되면
생살 터지도록 꽃은 또 피겠지

상고머리 소년이 가던 길 멈추고
반도의 허리를 휘어감은 풀뿌리 근성 좇아
발꿈치를 들어 올리고 있다

산 너머 산수국

세속의 방향으로 헛꽃을 일으켜
무성화라는 이름의 그 권속
불시의 소식도 없는 고요의 공간에
변하기 쉬운 마음*이 있다
툭툭 분질러버리고 싶은 심정과
낯선 방백으로 흐르는 통속 사이
먼 데로부터 가까워지는 호명과
사소하게 붙드는 것들의 집착
뒤척임마저 음영에 갇힌 채
차디찬 햇살의 손목을 잡고
발설되지 못한 언어들만 계절을 넘는다
선언 없는 미완의 희망이나마 있는가
얼마나 많은 인연들은 스치고
산 밖으로 달아나도 다시 산

한 발자국 뒤로, 늦가을이다

* 변하기 쉬운 마음 : 꽃말

꿀꿀 뚱딴지꽃

다른 세상에 특이한 돼지가 산다
기다릴 수 없다고 말해버린 후회처럼
슬프지 않을 만큼 울다가
외롭지 않을 만큼 쓸쓸하다가
홀연히 머무를 수 있을 때, 떠난다
꿈조차 허기지던 시절에
가슴은 그렇게 헛웃음으로 채워졌다
돼지감자가 뚱딴지라는 거
어둠에 빛 리본을 달아주는 것처럼
그 이름이 생경했지만 흥미로웠다
범람하는 꽃빛에 마른 울음이 들어 있다
결국 망각을 추구하려 했을까
언덕 너머로 향기를 넘기는 미덕*
옥타브 다른 침묵이 목소리를 낸다
귓바퀴에서 겉돌기만 하는 꿀꿀
사랑한다는 말이 부끄러워
슬며시 뚱딴지같이 딴청을 부린다

* 꽃말

40

무희의 미소, 솔나리

외로움은 분사해 놓은 향기
shall we, shall we
춤의 방향으로 여름이 다가왔다
무희의 창백한 미소거나
오솔길에서 분실된 환청이거나
숨 막히는 황홀의 한철
바람 끝에 하늘이 내려설 때
단번에 날아오를 태세인 너
주고받는 밀어로 빈 환호성을 질러댔다
흐르는 눈물을 가두려고 눈을 감는 순간
파편화된 기억들이
나를 분탕질했다
은신처도 없이 단번에 읽히고 마는 민낯
한 무리 단조된 표정이 군집을 이룬다
색의 발랄 속으로
다시 태어나는 먼 미래, 혹은 몽환의 시간

할미꽃 업원

세습을 받잡고자 양지바른 돌 틈에 피어났다

이유 없이 세상을 향해 삿대질한 적 없는데 애늙은
이로 태어난 운명이 야속도 하겠다

멀리 바라보지 못하고 처음부터 고개 숙인 것은 어
느 업원業寃이 간섭하는 것일까

이 사슬을, 누가 풀어주랴

청춘을 건너뛴 할머니, 막힌 형률에 들수록 묵상기
도는 끝날 줄을 모른다

말 걸어도 미소만 짓던, 귀먹은 할머니처럼,

2부

바위취꽃, 불면을 털다

깊고 높은 곳으로 통로를 내고

미행하듯 별들이 쏟아져 내렸다

명치끝 파고드는 외로움에

살아서 다하지 못하는 사랑은 물러터지거나 상처뿐
이었다

밤새 불면을 털어내느라 듬성듬성 이가 빠지고 화
색을 잃어갔다

화욕을 버리고 고독을 얻은 것일까

절벽의 눈썹에 가까스로 몸의 중심을 세우고 피어나
는 꽃

큰 바위 속 웅크린 새처럼

바람벽에 귀 기울이던 아버지가

애틋한 생각만으로 절정의 한때를 통과한다

펄펄 끓는 배롱나무꽃

저 담 끝자락으로 순하게 넘나드는 하늘 아래

실오라기 하나 걸치지 않은 맨살의 너를, 내 어찌
눈 뜨고 보라는 말이냐

즐거운 백 가지 외설 중에

파양*을 핑계 삼아 손끝을 대어본다

펄펄 끓는 피 소리와

튀밥을 튀기듯 톡톡, 더운 눈물로 몸 바꾸는 고요
를,

* 爬癢 : 가려운 곳을 손톱으로 긁음.

46

제 안에 숨은 여로

한 고독에서 다른 고독으로
건너가는 노래는 사랑스러운 말을 가졌다

무성해지는 궁리
어떤 불멸도 거둬들이지 못하고, 저버리는 해
어스름이 뒤척였다

하루는 또
제 안에 숨고

세월의 견고한 화석을 뚫고 개화하듯

흰그림자를 세우는 표정

안간힘으로 솟아오른
부지중의
다른
시간

동백꽃 어머니

별이 뜰 무렵 땅이 들썩거렸다
가만히 어둠에 들면 젖비린내가 났다
엿볼 수 없는 신성 속
무영등이 켜지고
북쪽으로 기차가 달려갔다
갈수록 멀어지는 눈발이 그 뒤를 따랐다
혼자 삼킨 혹한을 후회했지만
이미 때는 늦었다
만나고 스치는 것들이
쉽게 아물지 않는 상처 하나씩 지니고 있다고 생각
하니
몇 번의 두려움을 견딘 것들은
어딘지 모르게 강해 보인다
때론 붉음이라는 것이 흔하기도 하지만
꽃잎 대신 모가지를 떨구는 것이어서
울음으로 다할 수 없는 어머니 꽃

Magic Lily

그리움의 속도를 앞질러가도
만날 수 없는
서로의 회귀

가슴 쓸어내리며 애태우느니
이 무슨 지독한 운명인가

많은 날을 기다려도
이유 없이 꽃은 피지 않는다고
울컥, 불러본다 Magic Lily[*]

미망迷忘의 길에서
야위어가는 짝사랑

수척한 몸 곧추세워 꽃대를 뽑아 올리거든
살며시 돌아앉는 미련을 놓아주느니
젖은 숨, 가슴 열어
꺼지지 않는 불티를 확인하라

* 상사화

이름만으로 백작약

혼자 걷는 빈 하늘

광휘로운 빛처럼, 정결은
몽환의 징후를 앞세우고

생소한 우연을 통과한 것들과
어디론가 사라지는 순간과
생각이 고이는 흰 꽃잎의 순례와
최초의 울음과 최후의 희열에 대하여

기어이 운명이 되고야 마는
짧은 인생의 외줄타기에 대하여

지나간 것들과, 그리하여 다시 지나갈 것들

하여 그 자체로
이름만으로 꽃인 그대를 위하여

제비꽃

모천을 떠나
낯선 땅에 둥지 틀고 살 수는 있어도
소란한 고요에서는
살 수 없나니

천 리 밖
쇠사슬로 묶여있는
불면의 밤

앉은뱅이가 되어도
다시 먼 길 떠나려거든
변명처럼 굳어진
발끝 세워
납작 엎드린 하늘을 일으켜보라

길 밖의 길에서 분별없이 서성이는
목숨이 또 있는지

맥문동

바람을 문설주 삼아

빛의 출구를 내는 꽃

깨금발로 수줍음 딛고 수척한 낮달 하나

오후의 빗금 위에 걸어둔다

떠나기 위해 한데 모이는 종소리처럼

낯선 곳까지 지평을 넓혀 눈뜨는 향기

마음의 독기를 빼듯 생살 아프게 풀무질한 꽃 이야기가

혓바늘로 돋아 오르는데

졸음 속 더듬던 휘어진 잎들이

곧은 빛을 잡고 일어선다

무적의 칸나

빗방울이 화단을 지난 뒤

젖은 바람이 들어와 의자에 걸터앉네요

햇살이 바람의 어깨 딛고

담장을 뛰어넘을 때

그 여자, 빨갛게 립스틱 바르다 말고

가스레인지 불 끄러

화들짝 뛰어갑니다

색지에 몸 적신 나비처럼

무적無跡입니다

빛 부신 꽃다지

햇살이 순한 잠 깨어
눈인사만 건네도 까르르 웃는 꽃
찾아주는 이 없어도
홀로 잘 노는 여자같이
허리춤 추켜올리고
하늘 높이 종달새를 띄운다
눈부셔라, 빛 부셔라
솜털이 보송보송하던 시절에
낮은 데서도 높게 살자고
새끼손가락 걸어 약속했었지
사랑도 연분 없이는 이루지 못할 것은
지나간 것도
놓아주지 않는다면
그 또한 인연이 아니겠는가
거친 땅에 뿌리내리는
시대의 아픔이 있었거니
차가운 평화 위에 만발하여라

생동하는 가시연꽃

목숨 같은 건 아깝지 않다고
목에 가시를 두른 화향花香이 있다

생살 뚫고 나와
물과 피로
한 몸 이루니
드디어 보이는 하늘

수면 위로 올라서서
축축하게 타오르는 불꽃이다가
텅 빈 파형波形 안으로 가라앉아
힘겨운 무게를 덜어낸다

현존하는 시간의 결박을 풀고
품 안 가득 끌어안은
생의 바깥

비로소 생동生動이다

여뀌꽃, 시야 끝으로

하늘 어느 틈새에
꿈인 듯 아득한 개화

상처가 힘이 됐던 시절에도
울음 뒤끝의 화사한 웃음처럼
낮달은 자주 뜨곤 했지

무엇이 그토록 사무쳐
기억의 소실점에 갇혀 돌아오지 못하는지

막다른 공중을 딛고
일생을 부조(浮彫)하는 여뀌

시야 끝으로 낯선 바람을 헹구며
침묵이 전이된 방향으로
잠든 미래를 깨우고 있다

꿈의 외벽에 팥꽃 피다

먼 길 방황하다
피었다 지는 꽃 한 송이
지독한 불면 속에 별을 불러들이고
향기를 이어붙인 곳까지
신의 음성에 귀 기울인다

꿈의 외벽을 두드리듯
차안此岸 깊숙하게 들어간다
못으로 박힌 가슴의 비밀을 풀어내는지
생의 길섶이 화끈거렸다

꽃 목 들어 올리는 힘으로
생의 균형을 잡고
긴 숨 고르며 오래 발길을 붙든 팥꽃

작은 꽃의 폭거는 대체로 낮에 일어난다

달맞이꽃 어머니

고요하게 저녁을 맞이하는 꽃

배고픔을 견디던 날이면 시린 발 오므리던 새들도 울
어댔다

헛손질처럼 굽이치던 욕망은
뱉어내지 못한 삶의 후렴구였을까

하늘과 땅의 경계를 나누고 한걸음 가볍게 다녀가신
어머니
그때마다 나는 조산의 뼈가 시렸다

따듯하게 응축된 슬픔도
묵은 기억에 편입되지 못한 채

그믐에서 보름을 건너는 달을 바라보면
찾아오는 이 없이, 문득 어머니 웃음소리만 다정하다

비비추 단상

땅바닥에 나뭇가지로 적어두었던
지워진 그 말, 그립다
산비탈 너머로 새들은 날아가고
눈썹달 부풀어 오른 시월 어느 날
하늘이 내린 인연*을
다 하지 못했을지라도
그대여
이 불같은 적막을 홀로 견디는 것과
매듭지었다 푸는 속연에
이승의 시간 밖까지 울컥하다
가거든 오지 말라는 말보다
차마 삼켜버린 오독 같은 그 말
그립다, 말 한마디
빈 가슴을 훑어내린다

* 하늘이 내린 인연 : 꽃말

잔물결 위 물꼬리풀

물의 문을 빈틈없이 닫고
환희의 순간을 예감한다
수면에 돋아나는 신생의 별
호주머니를 뒤집으면 투명한 향기가 튀어나온다
또 다른 은밀한 길을 찾아서
기억조차 잊어버려야 할 때
물은 꼬리를 쳐들고 찰방찰방 다가왔다
잔물결 위 그림자들이 바람을 엿듣거나
꽃이 피는 기척에 놀라
그믐처럼 달이 움츠렸다
말할 수 없는 질문이거나, 또는 망설이는 대답
절망 그다음의 희망을 향해
물기슭에 몸을 세운 채
바람의 속장을 넘기고 있다

빛 속에 숨은 기생초

아련한 기억 품고 길가에 멈춘 시간
푸른 이마 쓸어내리고
삶의 격랑을 흘려보내고 있다
자잘한 생각이 돋고 있는지 빛 속에 숨은 여인
살아서 이별의 문장 판서하며
생떼 같은 바람에 헛손질만 늘어간다
쉽게 저버리는 약속처럼
불러보면 먼 곳에 있을지라도
울음을 참는 것이 더 어렵다고
밤새 끙끙 앓는 소리를 냈지
당신의 웃는 모습을 잠시 감추어도
뒤척인 한때의 속삭임처럼
무엇이나 그리움이고
아무것이나 사랑일 수는 없었다
길이 된 자취마다 삶은 외곬인데
홀로 넘어야 하는 칼등의 세월
환한 허기를 온몸으로 받아 안는다

타래난초

각자의 침묵을 나선형으로 꼬아 올리는 바람

제 몸에 상처 하나 품지 않고

멀어지는 후정이 있을까

심장 밖으로 밀려 나오는

비문의 문장이

한때 떠돌던 불구의 기억이라 할지라도

피멍 삼킨 일들은 환상의 꿈으로 돌아가고

하늘 비좁도록 난잎이 굽이친다

뼛속까지 시린 눈물

잠깐 사이에 타래지듯 꽃 피었다

설핏, 마름꽃

드러나는 입마다 꽃잎을 물고 있다

가장 깊은 곳까지 곧추서는 꽁지발
수면 아래는 무도회장 같다

물처럼 고인 생각들이
눈어림의 대오에 끼는 시간

평평한 각 안에 꽃등을 내걸고
더는 견딜 수 없어
세상사 엿듣고자 했을까

사무치는 기억의 공복
오랜 환멸의 습관처럼
수심 깊은 울음이 설핏 스쳤다

청초해서 더 아픈 날인가
여백의 부재마저도 호명을 기다리고
물의 귀가 팽창한다

3부

조팝꽃
- 천관을 쓰다

유목의 먼 행로에서 싸라기별을 불러낸다

막다른 길을 따라 노을이 이운 자리

무너진 바람의 땅에 제 발자국 감추고

싸한 공복을 꽃밥으로 채우려는가

꿈자리 부신 잠 곁으로 귓속말이 환히 쌓인다

눈부시게 천관^{天冠}을 쓴 어머니

무성의 나팔꽃

길 없는 길 위에서 이명의 환청을 헤맬 때
버려진 시간도 입으로 불어서 소환해내는 나팔을 보라

동그라미의 공명
고요한 퍼포먼스

기쁨*으로 생을 맺고자 함은
외로움조차 어쩌지 못해 단번에 밤을 건너오는 사람 있
었으니
묵언의 경계를 뚫는 나팔꽃이로다

유별날 것도 없는 미소가 일종의 사치라면
새벽 미명에 들리는 이 소리는
누구의 낯선 탄식인가

* 꽃말

찔레꽃 어머니

해 뜨는 방향에서
푸념하듯 이마를 짚는 웃음의 독법
그윽한 당신의 눈빛으로 이편에서 저편까지 다리를
놓고자 하였으니
세상의 문을 열고
그립다는 말이 혀끝을 떠돌았다
섞이는 긴 한숨과 부스럭거리는 상념에
떠나온 곳마저 잃은 나는
우연의 생시에 어머니를 보았다
눈썹 위에 뜬 달처럼 한 계절을 여는 미소
세월을 거슬러 올라
품안 어머니의 시간과 품 밖의 내 시간이 만난 것이다
시간의 함정에 편애가 존재했다

먼 길 가깝게
유목의 좌표가 희다

꿈에서도 해오라비난초

하늘을 나는 걸까

등줄기 아래로 바람을 흘려보내며 목숨의 갈피마다
외돌아 든 회억

인생살이 수렁에 빠져들수록 형체 없는 쓸쓸함에 애
가 탈뿐

비상의 모습조차 노을에 갇힌다

굽이굽이 산허리쯤 밤이슬로 목축이고 길이 다한
오지까지 바람에 흔들린다

'꿈에도 만나고 싶다'* 하얀 목청 돋우면 당신을 향
한 뭇 밤의 사무친 심사

먼 데 길도 귀 문을 열고 있다

* 꽃말

마음의 등불, 금강초롱

길의 머리맡에 마음의 등불로 걸고 싶은 꽃

폐허의 잠 속에서도 실낱같은 희망은 있었거니
어두운 생을 밝히기 위해 부싯돌을 긋는다

에움길에 초롱을 걸어 부디 가련한 마음* 품어가라
잘 가라고 당부하는 모습이다

하루를 살아도 어둠 속 꽃등의 화신이 될 수 있다면
이 또한 구원이 아니겠는가
또는 경계 밖 존재까지,

* 가련한 마음 : 꽃말

사루비아의 한때

읽어낼 수 없는 붉음이
저런 모습이라니 자꾸만 혼미하다

꽃술 깊은 곳에 꿀의 원천이 있어
혀뿌리에 닿아 단꽃으로 완성된다

어떤 차가운 변명이거나
어떤 사라질 오후의 한때거나
힘겹게 발버둥 친 삶이거나

모든 색채의 배후에서
숨 막힐 듯 범람하는 오독의 잔해들

지독한 편향과 꾸다만 꿈조차
네 앞에서는 추억으로 귀결되는가

심장 속 완벽한 비밀처럼

금계국
- 한 패거리거나 간혹 혼자

뼛속까지 노랑물이 들었을까
어떤 날숨도 남아있지 않다면
다만 세차게 부는 바람 앞에서
아무도 모른다고 도리질을 할 뿐
잠시 스친 이승의 인연과
발묵하는 사랑의 이쯤해서
떠난 사람 가깝도록 자꾸 뒤돌아보는가
촛불을 켜든 저 둥근 적막들
어쩌면 요요한 꿈속처럼
절로 광음을 빗어 내리고
모 닳은 허공의 기슭에 길을 내노니
한 패거리거나 간혹 혼자
옹알이하듯 영영 침묵하는구나
해를 비껴 귀 하나 열어놓고
시간 밖으로 홰를 친다

칸나, 가혹한 색

모퉁이 돌아서 마음이 먼저 달려간다 외로움을 우
려낸 빈자리가 시리다 오래 묵은 하늘에 눈웃음 한번
지어주고 하루치의 햇살을 단번에 마시면 천리 밖까
지 아득하기만 하다 직립의 저주인가 살아도 가슴 아
프거든 고요하게 소용돌이치는 저 맹렬 앞에 서라 흩
어진 방향이 한자리로 모이고 잠잠한 그리움이 꿈틀
거린다 움켜잡는 맥박은 은밀한 소란에 떨고 길이 끝
난 곳까지 여타의 색이 차단된다 서슴없이 색의 씨앗
을 모아 제 품 속에 감추는 칸나 가혹한 색 외에 너
는 없고 나만 혼자 남았다

고마리

영혼의 길에 싸라기 불의 요정

방울방울 연지를 찍는다

꿀의 원천[*]에 닿아 예쁜 죄 하나 나눌 신앙처럼

고샅에 뿌리내리는 둥근 미소는

천상의 길을 트는 언약

색바람 움이 돋는 차가운 이마 위로

산 그림자 휘장을 두르면

네 안에 고인 하늘, 넘칠 듯 멈춰선다

* 꿀의 원천 : 꽃말

쉿! 개구리발톱

온순한 가지 끝에
축축하게 자라나는 발톱

혀끝으로 말문 닫고
세상 소식에 귀먹어
여러 날 울어댔다

수면 위로 올라와
흩어진 구름의 발자국쯤
잠시 머물다 떠나는
바람이라고 위안*한다

개구리 발등에 첫새벽이 내려앉고
풀잎 끝
투명한 사슬을 풀어
뛰어오를 기세다, 쉿!

* 꽃말

능소화

오래된 미래로 소환되는
향기는 상처의 부스러기인가

책갈피마다 적어놓지 못한 말이 있어
꽃의 시간과 사람의 시간 사이
넘지 못할 은하가 있을까

시침질한 연서의 문장들이
수취인도 없이 떠돌 때
발화되는 빛의 씨앗들은 고요를 열어 재꼈다

입술로 말문을 닫고
피워 올린 한 계절의 비의

소화야 눈물 붉은 소화야

홀연한 천인국

천마는 풀밭을 달려
흰 구름에 이르고,

길 위에 또 다른 길을 놓아
비상을 꿈꿔왔는가
속귀에 흘러내리는 저 아뜩
지상의 시간 동안 꽃으로 살기 위해
주저앉듯 맨발로 걸었구나
오래도록 기다리는 자세로
어디쯤에 닿았을까
너른 늪에 빠진 듯 빛 속에 갇힌
그 묵은 심사 어이하려는지
서슬 퍼런 세상에 뿌려둔 청춘의 피

천리 밖까지 한 목숨이 뒤척인다

노랑백합에 묻다

화려한 색의 계절은 가고
뼈마디 묵언고행이 웅웅거린다
노랑에 닿기 위해 단전에 힘쓰더니
어디론가 날아오를 기세다
목구멍에 걸린 울음이 빠져나가면
끝내 네가 도달할 곳은 어디인가
바람의 체질을 버텨내는 동안
노란 묶음이 뚝뚝 떨어졌다
색에 물든 마음과 어쩌지 못하는 그리움과
아무 느낌도 없는 그런 위안들에서
몸속의 아물지 않는 상처가
빛을 겨냥한 숨소리였냐고 네게 묻노니
나머지 끝물까지 노랗게 폭식한 이유나

영영 묻고 싶다

유홍초

늦은 고백 앞세우고
영원히 사랑스럽게* 별에 닿고자
기꺼이 유홍留紅을 품은 너

불씨 한 줌에 갇힌 노래는
꼬인 혀를 풀어 곡조에 든다

생목숨 불붙듯
하늘 멀도록 뛰어내린
낱알의 꿈이거니

막차로 보내고 싶은 사람 있거든
태양의 피가
네게 다 고일 때까지
쓸쓸한 낙조를
한 품에 받아내라

* 영원히 사랑스럽게 : 꽃말

신경초에 말 걸기

여기가 어디라고 와
사람들이 사는 위험한 곳이야

새소리만 스쳐도 움츠러드는 미모사*

차가운 불꽃 송이로
어두운 날을 밝게 태워도
마음을 닫아버리는구나

극지에서 발화되는 씨앗 하나

아무데서나
꽃 피우기 위해
가벼운 웃음마저 짐이 될 만큼
뼈저린 기억이 있었는지

어쩐지 사람 냄새 난다, 이 꽃

* 신경초의 다른 말

마디마디 마디꽃

갓 트인 바람 길에서 생이마를 찧는다

외롭고 아쉬운 뒤풀이처럼
서로의 환부를 어루만질 새도 없이
변방의 세속마저 끊어버리려 하는가

그리운 별빛도 멀리
마디 곧게 뻗는 공평한 날도 멀리
당신과 꿈꾼 간망의 꿈조차 멀리

이제 눈먼 남루뿐이다

버릴 것 다 버린 후의
내 안에 고립된 당신의 길

건너온 폐허에서 헤진 실핏줄들이 떠돌고
미완의 생애 속으로 인식의 죄업이 크다

화려한 수식도 없이
위태로운 질문이 마디마디 갇혀있다

지고에 이른 도라지꽃

다섯 개의 화관을 짠다

낯선 건기 지나 꽃물 터지는 소리

무엇에도 휩쓸리지 않는 성품과 포도즙에 담가 낸

한지의 색 번짐, 그 자태로구나

별 마루 하늘에서 손 모아 빌어주는 사람이 있어

복사뼈 아리도록 몸을 여는

예지의 꽃을 보아라

다섯 꽃잎이 지고至高에 이르러, 너는 누구의

당신이 되고 싶으이,

초롱꽃 독백

편종소리가 흩어지는 오후

순정의 날개 타고 맨 처음 공중으로 오를 때
꼿꼿이 흔들리기도 했겠지

혼자 울기 좋은 날을 시샘하여
영혼마저 다 태우고
저렇듯 불을 켠다

하얗게 눈빛을 채색하듯 내뱉는 독백
다 품지 못할 바람이었을까

늘 그쯤에서 가슴 움켜쥐고
울기도 웃기도 했겠지

애틋한 사연을 침묵*으로 내밀듯이
난독의 바람 피해 붙잡는 기억 하나

* 꽃말

아카시아 꽃향에 묻혀

심장박동에 가속을 더하는 아찔한 향기
인생 어느 공간에서
하얀 환호성이 꿈은 아닌지 눈을 감는다
어느 누가 저처럼 미친 듯이 피어난 적 있던가
가위바위보로 이파리를 줄이며
정신없이 노느라
하루해를 다 보냈다
같은 형태로 내려서는 꽃송이들과
절기의 반환점을 향해 치닫는 시차
이처럼 우리가 가까워진다는 것은
어디쯤에서 서로 울음 그친
표정을 붙잡고 있을지도 모른다
기막힌 무소식을 향기로 띄워 올린 당신
신열 가득한 꿈을 비워낼 수 없다면
끊임없이 초대되는 기억부터 차례차례 탕진되리라
저 꽃의 환란에든 공복처럼, 당신

4부

분홍낮달맞이꽃

낮달이 두근거렸다

바람은 공회전하며 꽃둘레를 배회하고

웃자란 침묵이 귓바퀴를 타고 굴러 떨어졌다

일교차가가 클수록 꽃은 빛났다

수신인 없는 목소리가 달을 나눠가진 듯 공평했다

눈빛에 씻기는 미궁처럼

텅 빈 고요 속에서 이름만으로 아름다웠던 날

소실점까지 너는 차오르고 눌러 붙은 한숨에 눈물뿐

건기를 넘기면 파열되는

고백으로부터 우연의 방향까지 달은 뜰 것인즉

그쯤에서 멈춰선 당신을 위해

둥둥 종소리 울려 땅의 문을 두드리고 있다

귀 세우는 채송화

어디 웃고만 살 수 있겠니

좁은 돌 틈 비집고 나와 살아야 한다고, 아니 살아내
야 한다고

한 시절 당당하게 불러내는 호젓한 신접살이

뒷걸음친 시간만큼

목마른 생

혈맥 파닥여서 몸 안의 어혈을 쏟아낸다

땅바닥 낮게 귀를 세우는

저 작은 행성

온몸이 하늘 문이다

제비동자꽃 독송

취산화서聚繖花序를 이루는구나

제비는 어디 있고 꽁지만 남아
비속한 문장에 긋는 칼금
간절함 하나로 자세를 잡았다

날아가면 끝내 돌아오지 말거라
텅텅 비운 공간 속에 자신을 가두고
선홍의 고백으로도 다하지 못한 고혹이 있거든
그대여,
눈물인지 슬픔인지
외로움인지
그런 것 따윈
한낱 그리움에 대한 독송이 아닐까

눈빛 아득한 저 길 끝까지

분홍노루발

문득 낯섬과
깡마른 그리움

희미한 발자국을 따라가면 발각되는 시간이 있다

묵도가 깊을수록 하늘은 고요하고
맑게 헹군 그늘마저도
생의 화폭을 받쳐 든다

누군가를 생각하면서 깨어나는 꽃잎
이 어찌 꿈인 길에서
아무런 저항도 없이 몸을 얹는가

펴지 못하는 오금

새빛의 푯대 끝으로 걸어가는 어머니

아주 텅 빌 때까지, 장미

물과 바람과 직립의 돌담과 햇빛까지
그 환한 속 향기까지
되뇌는 말 한마디와
이 모든 것들의 안간힘

색에서 색을 빼 하얗거나
눈물 한 솥 끓여내듯 절치의 아름다움이
당신 쪽으로 향하는 것은 꽃이 해야 할 일

공중에 굽이친 무수한 비명처럼
발꿈치 닿는 곳마다
온 마음을 들키고 말았지

가슴에 들여놓은 향기가 바삭바삭 마르거든
화르르 불이 붙는 꽃

아주 텅 빌 때까지 내어주는 한 생애
혼자 듣는 향기가 지천인 그쯤에서,

패랭이꽃 먼 길

시들기 위해 피어난다고 하면
시무룩하게 매달리는 시간들
채록당한 만큼의 향기와
눈멀도록 홍건했던 표정이 뒤섞인다
피톨 맺히도록 소용돌이치는 중에도
꽃 지는 소리에 하늘은 울고
꽃 피는 소리가 지축을 흔들어도
서로에게 부박하지는 않았지
저 작은 모습이 커다란 물음이었던 것처럼
끝내 당신에게 동조하도록
주장하거나 강요하지는 말라
새벽에서 밤까지 몸을 지나야 하는 먼 길
별자리마다 눈초리가 잠식되고 있다

아네모네를 찬탄하다

부신 초승을 불러내듯 계절의 봉인을 뜯는다

세월에 발이 묶여
향기로도 눌러 끌 수 없는 가슴이 있다면
그 어디에도 밤은 깊어
신성의 초를 밝혀
갈 길을 비출 것이니

시침질당한 눈물의 협곡이거나 벼랑에서
단 한 번이라도 날개를 꿈꿨다면, 새의 모습으로 깨어
나라

암흑에 싸인 것들과
결박에서 풀려나는 것들까지
anemos[*]에 찬탄하는, 그대 샤론의 백합화여

* 바람

힘껏 페튜니아

낮게 엎드려 울면 땅이 손잡아줄까

숨찬 들숨 뱉어내고
먼데 길도 뒤로하고
바람의 난간에서 발 구른다
첫 울음에 귀소하려는 뭇 생애 눈물 깊숙이
이승 어디쯤 들끓는 적막을 견딘다

너 같은 꽃잎을
너 같은 웃음에
그 신명으로 부시치듯
힘껏 불을 댕기는가

너도 타고 나도 타고 세상마저 다 태울 심사로,

눈꽃의 시간

신발을 벗어 던진 산벚나무가 산등성이를 뛰어가고
있다

오랜 건기에 든 허공이 들썩거렸다

막막하게 희디흰 산화의 꽃

일상의 구도求道를 벗어나지 않기 위해 헤아릴 수 없을
만큼의 담론은

나를 자꾸 허공의 꽃자리로 밀어냈다

하양을 독점한 나비는 발버둥 치는 시간의 퍼즐을 맞
췄다

행성이 된 겨울나무는 이카로스의 날개를 달고 사방
으로 뻥 뚫린 미로를 헤매듯

밤새 안드로메다 은하 어디쯤 떠돌았을 것이다

어제의 내일로 오늘을 꿈꾸며 꽃으로 피어 녹아버릴
표정들

〈

가장 가깝게 별은 뜨고 간간이 마른 꽃대가 솟아오르더니

피었다 지는 순간마다 실루엣이 바뀌었다

산벚나무와 나는 불충분하게 조금씩 멀어지기로 한다

짐승의 울음을 흉내 낸 차디찬 불꽃

저 산은 무릎으로 기어 넘던 차마고도인가

안으면 녹아버릴 듯 설원에 들었다

벌떡, 달개비꽃

더러는 아름다움조차 흔해서
초록 핏물 들도록
삼칠일을
형틀에 묶여 있어도
한 방울 물만으로
벌떡 일어나는 근성

곤두서는 반란처럼
봉인한 상처의 흔적마다
파르르 발진이 돋는다
다시는 계관鷄冠을 벗지 않으려는 듯
목청 돋워 홰를 치노니

무거워진 몸 풀어
서녘의 긴 꼬리 잘라내는
피 묻은 노을 굽이굽이
소야곡*에 젖고 있다

* 꽃말

자운영

햇살이 드는 동쪽으로 옮겨 앉는다

꽃을 피운다는 것은
세상과 한 몸으로 섞이는 것일진대
삶의 무게를 어찌 다 감당하려고
가늘고 여린 허리를 곧추 세우고 있는가

세월 이쪽에서 저쪽으로 부조浮彫되는 습관처럼
고작 한 뼘 높이에 이르기 위해
발버둥을 쳤더란 말이냐

부드러운 뼈로 다가서는 몰두의 위치
눈시울이 축축한 것은
그대의 관대한 사랑에
사무치기 때문이리니

모자람도 넘침도 없이 햇살은 따사로운데
논두렁을 걸어가는 나는, 너와 함께
벅차오르는 궁리 속으로 빠져든다

〈
자줏빛 오로라가 지천인
봄의 경계 밖으로,

옥잠화, 쪽머리 틀다

미소가 희기로서니
어느 얼굴이 이보다 흴까

생목숨에 사로잡힌 향기가
한 올 한 올 허밍하듯 풀리는데
차가운 불의 심장에 닿는
따뜻한 고요

아직 가슴 열지 못한
그리움의 결기도 저와 같으리니

첫 화장을 배우기 위해
거울 속 백옥 같은 피부를 분칠하며
쪽 머리 틀어 올려
옥접玉蝶을
뒤꽂이 하는 누이

어느 뒤태가, 이보다 고울까

물망초
– 영혼의 가교를 넘다

애타게 부르나니
부디 응답하소서

외로울 수 있는
그 무엇이나
행여 아팠다고 말하지 못할 운명 앞에
열 손톱 피멍 들도록
돌아오지 않을 연서를 쓰나니

애틋한 인연의 끝에서
꿈 안으로 사라지는 무지개다리

아, 모질어라
외짝사랑이여

꽃향기 휘어진 낮달 너머
영혼의 가교를 넘어오소서

나를 잊지 마세요, Forget me not

노란 코스모스

맨 처음 축복처럼
맑은 슬픔에 가슴만 더운 날

다섯 영혼의 꽃잎웃음이 겹쳐
점점이 노란 질투, 혹은 관능

혼잣말을 스쳐가는 낯선 경이

창백하기 그지없던 노래는
품어야 할 쓸쓸함인가

시선 밖으로 채광이 바뀌고
유실된 침묵이 들썩거렸다

나의 반은 너를 위해
그 나머지 반마저 너를 위해
기도의 문을 여노니

이제 나비처럼 날아보자
걸어서 아주 먼 꿈속까지

설연화

마른 빛 모아 채반에 담듯
돌올한 시간의 무늬
꽃잎에 새긴다

뼈마디 스며들도록
궂은 날 신경통처럼 도지는
그 시절이 눈물겨우니

따가운 빛에
눈 감으면 보일 듯
땅으로 하늘을 끌어 내리는 꽃처럼
누구라도 손잡아 일으켜
복과
장수를 노래하라

체온을 주랴, 설연화*야

* 복수초(福壽草)의 다른 이름

너마저, 나도바람꽃

부르다 만 노래가 있었던가

미명의 문을 열기 위해
무극의 변곡점 돌아 나와 꽃으로 피어도 시린 가슴에
바람만 들락거릴 뿐

환한 잠 속의 시차인가
비밀스러운 사랑*에 순절하는 향기

질긴 망각처럼
문득 외롭지 않게 당신에게 바람으로 다가가면
또 어떠하리

* 비밀스러운 사랑 : 꽃말

날개하늘나리

곧게 섰구나
미로에서 방황하는 화색樺色
요염하기로는
누가 너만 하겠느냐

잿더미에서 피어나는 생명처럼
녹슬지 않은 소망이 이러할진대
날개 없이 오르내린 탓에
좌표 밖은
항상 울컥했다

오래된 약속에 머문
허다한 말들을 쏟아냈으니

맨몸으로 솟아야 한다면
환절기 한복판을 건너듯 꽃은 피고
발끝에 세운 하늘이
오지랖 넓게 붉다

당돌한 얼레지

엎드려 입맞춤하려는 순간

잔바람 색인하듯 구름이 빛을 가린다

뛰어내리기 위해 바닥을 응시하는 진취적인 저항

허리 꺾일지라도 비굴하지 않을 당돌한 자세로구나

솟구치는 욕망을 꿈꾸던 저 치마폭에 더운 눈물이 고
여 있음은

다 하지 못한

상사相思 때문이리니

꼭 한 번은 용서해야 할 사람이 있거나

또 용서받고 싶다면

무엇에도 매이지 말고 놓아주어라

한 모양만 고집하지 않는 달처럼,

맨드라미

왜 저토록 붉어야 하는가
우람한 어깨 툭 치고 올려다보면
찻잔 속 침묵처럼 옹알옹알 앉히는 그리움
언제나 눈물보다 앞서
적막의 뒤란으로 치솟는 화두火頭
머리에 쓴 땡볕 탓인지
때 되자 서슴없이
가슴의 조바심 깨워
가을 초입에 말없이 들어선다
돌아보니 잠깐인 세상
칙칙한 울음도 다 퍼내지 못한
저 절정의 시절이 우리 생애에 몇 번이나 있었을까

5부

댕강나무꽃

뼈가 보여
아무리 새벽을 무릎으로 숨기려 해도
웃다가 만 웃음의 테두리마저 다 보여

서로를 결속하는 건
자신을 포기하는 행위야

사실 그건 흩어진 물줄기들이나 하는 짓이지
내부 속으로 생각을 밀어 넣으면
스스로 방치된 울음이 있어
가끔 이들도
알 수 없는 운명에 밀려
와르르 쏟아져 내리거든

각기 다른 기울기로
가지들이 휘어지는 것을 봐

고요가 벼락을 맞듯, 곤두박질치는
저 향적香滴
쾅쾅!

취운을 이룬 꽃고비

숨은 널 찾아, 이 길에서
저 길로 건너갈 때
외로움이 뭉쳐 산이 되었다 한들
뿌리 끝을 일으켜 세워 꽃 피웠으니
꽃고비

사는 일이 곤고하여 처진 어깨로 돌아오는 저녁이거나
낯선 촉수에 감겨 하얗게 질리는 잠결이거나
이 세상에 머무는 시간은 그다지 길지 않은데
너 말고 누가 구원에 이르겠는가

세월을 에돌아 화석 같은 꽃이 피고
날아오르는 새의 뒷모습처럼 쓸쓸한 파장은
얼마나 멀리 퍼져나갔는지
젖은 생각은 몽환 속으로 날갯짓한다

저 하늘 사다리로 오른, 네가 바로
진정 취운翠雲이라

별꽃

여름 땡볕에 핏기 없어 보이는구나

등에 업힌 아기별들이 꽃무늬로 일어서기까지
어미별은 어지간히 마음 졸였으리라
치열한 외줄 세우기
각각의 옹알이가 서로를 부둥켜안는 신호 같다

잠잠한 높이는
수세기 동안 체온을 더하는 기척

하늘이 지구의 거울이라는 것이 구체적으로 판명되는
시간은
헤아릴 수 없는 궁창의 깊이를 말함인가
숨 멎게 하는 그윽함인가

땅에서 며칠 피어 가자고, 나를 곁에 세워두고 싶다고,

산비장이

사랑에서 비롯된 것과
미움으로 되돌아오는 것이 있다면
그것은 꽃싸개잎에서 뿜어져 나오는, 불의 끝이리라

어디에도 없던 나를
버리고
돌아오는 동안
바람은 불었고
나무들은 능선으로 몸을 피했다

심장으로 바람을 비질하는 산비장이
지난 추억*위로
가련한 자태는 기록해야 할 또 하나의 단심이 아닌가

밤을 해독하는 너의 마른입술
사랑이 뭐냐고 물었을 때
너는 끝내 답을 주지 않았다

울음이 몸 전체다

* 꽃말

호젓한 수련

앙가슴의 공소空所가 넓다

흔들리는 중심을 향해
단단하게 물의 벽을 쌓는
진펄의 늪

빠져나오려고 애쓸수록 근심의 골을 따라
생각도 깊어진다

청순한 마음*을 얻고자
얼마나 더 견디어야 저처럼 초연할까

부유 아닌 인생이 있다면
물 밖, 아주 멀리
실타래 같은 연緣도 없으리니
저 꽃 속에 들어 앉아
잠시 눈부처라도 되어볼까

* 청순한 마음 : 꽃말

쑥부쟁이

어디로도 표정을 숨길 수 없어

자주 입과 귀를 닫았다

천 개의 달을 품고

천 개의 그리움 품고

상념에 이르는 어떤 것도

심장 안에 멈추지 못했다

어느 사라진 가문의 대를 잇는지

허름하게 빗장 걸어두고

날개 돋는 꿈을 꽃으로 올려도

사람이 꽃이 되는 시간과

꽃이 까마득하게 별이 되는

그 순간은 짧고도 길었다

물매화
- 긴 미래에 들다

별 한 다발 끌어안고
물이랑 건너오는 선녀인가
걸음걸이 고결[*]한 뒤태는
이슬을 뭉친 옥구슬을 닮았구나
샛강의 머리맡에
다섯 꽃잎으로 하늘을 받들고
반딧불처럼 흩어지는
심혼心魂을 보라
지상의 훈향 속에 유영하던 별이
긴 미래에 드는 것처럼
아슬아슬 물을 밟고 서 있는
흰빛들의 파편
정녕 그대는 고절孤節의 천사인가
아픔을 앓던 밤의 메아리가
이내 뒤돌아갈까
조바심치고 있다

* 꽃말

여우오줌

마주한 시간이 환승하듯 지나가고
발끝에 걸린 새소리를 털어내자 비명이 쏟아졌다

향기를 끌어올리기 위해
어느 기슭을 더듬어 이름을 받았는가

꽃대는 바닥없는 침잠을 이루었고
표 나지 않은 속병이 깊어갔다

미미한 꽃의 체온에 뒤척일 때도
내 감정을 송두리째 지배한, 저 잔혹

권태 끝을 서성이는 나를
둥글게 채집된 웃음의 상형문자 속에 끼워 넣고 있다

살가운 강아지풀

어머니가 나 부르듯 불러본다, 강아지

까닭 모를 그리움이
액자 속 한 장면으로 채워질 때
고된 잠을 떨치고, 사르르 풀이 되어 눕는다

호사스런 사치 다 버리고 들에 나앉은 지금

누구의, 어떤 다정함을 보았기에
꼬리를 흔들어 대는 걸까

품속으로 파고드는 바람처럼
귀한 곳에 마음을 두는 동심*

다시 불러본다, 내 강아지

* 꽃말

꿩의다리

삶의 고비마다 생장점이 눈을 뜬다

꽃대 세우던 메아리들이 앞산을 돌아올 때도
순간의 행복*을 꿈꾸었지

바람에 몸이 휘청이던 날
노을 지는 산마루까지 꿩 울음소리 다녀가면
빈 적막에 떨던 하늘은
꽉 막힌 귀청을 열어준다

돌아앉은 시간이 홀로 깊도록 생의 기울기를
외발로 세우고
확, 솟구쳐 올라 낮달 하나 품는다

* 순간의 행복 : 꽃말

122

달개비꽃 푸른등

떠나기 위해 흔적을 남기지 않은 휘파람처럼, 그것
이 그리움이라면 고독의 공간에서 끌어안는 향기는 샤
먼의 영혼인가 지친 발목을 내려놓고 뿌리 끝 영혼까
지 눈물샘을 다독인다 어쩌지 못하는 순간에 필사적으
로 망각하려고 닿지 않은 침묵에 빠져들면 불면을 앓
던 풀들이 흐린 눈을 씻는다 바람을 비껴 선 당신, 가
만히 푸른등 켜고 제 발자국 거둔다

천일홍, 고요한 춤을 추다

바라보면 환상이 들썩거렸다

가장 먼 곳의
가까운 가을 초입
빛의 궤적에서 곧추서는 일은 쉽지 않다

기억 내부를 속박하거나
상한 마음을 훑어내리거나
웃자란 시간을 베어버리거나
그 모든 것이 짜디짠 눈물이었으니

오직 증명하기 위해 만개하는 오독
뼛속까지 파고드는 꽃물에
구름이 내려와 첨벙거렸다

꽃을 피게 하는 힘이 당신의 편력이었던가

유실된 추억 밖으로 나는 쫓겨나고
차라리 고요한 춤을 추듯

온몸 향기로 바꿔
생의 구비마다 빨간 잠을 불러들인다

금불초, 무딘 귀를 세우다

너를 바라보는 동안
가슴에서 둥근 향기가 피었다
노란그늘 출렁일 때마다 구름이 들썩거렸다
길어질 대로 길어진 경痙을 둘둘 뭉쳐놓으니
응어리진 아픔 하나를 뱉어냈다
너와 멀어질수록
더욱 또렷해지는 것들을, 향기의 입구라고 해야 하나
송이송이 머무는 금빛 입자들의
무게도 없는 저 기척은
어떤 내막을 품고 있는지

된더위가 무딘 귀를 세우고 있다

코스모스

간지럼을 참으면 바람이 흔들렸다
벼가 무르익는 단내의 잠 사이
하늘조차 푸르고 높은 날
문득 방향을 잃고
고물고물 쌓이는 구름을 바라본다
한창 궁핍한 삶의 속내로
가만히 불러들인 신생의 은하
먼 곳까지 달아나는 길을 붙들고
차라리 아름다운 귀환을 꿈꾸게 한다
어떤 예감도 없는, 쓸쓸함이란
알 수 없는 허상일까 중독일까
휘발되는 망각은 얼마나 유구한가
꺾이지 않으려는
흔들림의 대물림을 어쩌지 못한다
꽃잎의 문양마다 미열이 떴다

뽀리뱅이 독경

구름 흩날리는 언덕으로 나비 눈동자들이 쏟아졌다

삐뚤삐뚤 되돌아오는 화필인가
번개도 없었는데
순식간에 태양이 여러 개로 나뉜다

오로라를 끌어당겨
망각의 의식을 치른 게 분명하다

누가 꽃의 독경을 감당하는가

기다림은 그리움과 같아서
차디찬 시간의 산고産苦는 결국 불씨로 남게 되었다

잠깐의 몰락, 또는 충만한 묵언

유년의 통로가 된 샐비어

조요해서 숨이 막혔던 어린 시절의 화단은 유실되었다

한 인생이 꽃을 바라보는 순간이었다

나를 증명하기 위해 우상을 공중에 던져버린 날

유년의 통로처럼 꽃이 피었다

세월이 장악한 건 저 웃음이 아니다

처절한 울음이 아니다, 순응이 아니다

어떤 느낌도 섞고 싶지 않은 색조의 유토피아

울어주고 싶은 사랑을 위해 작은 외등이 불을 댕기듯

어우르는 독생獨生이다

일탈의 틈새로 향기가 후렴친다

꽥꽥, 흰진범

뒤뚱뒤뚱 산을 오르는 아기 오리가 있다

날지 못하는 새 한 마리쯤, 허공을 잠그고

침묵을 발산하는 빛나는 종교처럼

마음 끝에 닿는 고요를 기도로 받아내는 꽃

마침내 단단한 흙 가슴 열어 햇살을 끌어들였다

바람의 이마 위로, 꽃 피는 자세가 동물적이다

밀봉된 향기를 발치 아래 묻어두고

제 목소리를 목울대에 가두는 오리들이 있다

풍선난초, 하늘 날다

푸른 하늘 멀리 날고 싶었겠지

몸의 힘을 다 빼고 둥글둥글 솟는 비상

무표정이 꽃으로 바뀌는 순간은 위대하다

맑은 울음이 고이는 곳까지

외줄을 붙드는 심정

뼛속 시린 향기는 이마를 짓찧는다

바람 잠재운 길목에 웃음 가득 채우려고

바닥 대신 아뜩한 공중을 택했구나

무엇에도 매이지 않는 자유는 없을까